El burrito
que quería ser azul

Colección dirigida por Raquel López Varela

PRIMERA EDICIÓN, segunda reimpresión, 1997

© Hilda Perera y
EDITORIAL EVEREST, S. A.
Carretera León-La Coruña, km 5 - LEÓN
ISBN: 84-241-3334-X
Depósito legal: LE. 36-1992
Printed in Spain - Impreso en España

EDITORIAL EVERGRÁFICAS, S. A.
Carretera León-La Coruña, km 5
LEÓN (España)

EDITORIAL EVEREST, S. A.
Madrid • León • Barcelona • Sevilla • Granada • Valencia
Zaragoza • Las Palmas de Gran Canaria • La Coruña
Palma de Mallorca • Alicante • México • Lisboa

El burrito que quería ser azul

Hilda Perera

Ilustraciones: Julia Díaz

EDITORIAL EVEREST, S. A.

—Yo quisiera ser azul —dijo una vez el burrito más chico de la noria del tío Julián.

—¿Azul? —le preguntaron rebuznando los otros burros—. ¿Azul? ¿Pero tú has visto alguna vez un burro azul? Deja de soñar, anda, que los burros no sueñan. Confórmate con ser gris o marrón o negro, que es el color de los burros. De paso, aprende a ser dócil, a transportar la carga por caminos difíciles, a trabajar mucho, a dormir poco y a que nadie se dé cuenta, ni le importe siquiera, si estás triste o cansado.

Pero el burrito pensó que nadie, absolutamente nadie, tiene derecho a quitarle a otro sus sueños.

—Yo quiero ser azul, porque todas las cosas azules son buenas o lindas o queridas. ¡El día que yo sea azul de las orejas al rabo, seré el burro más feliz de la Tierra!

—¿Y qué piensas hacer, para volverte azul?

—Tener paciencia y no dejar de intentarlo —contestó el burrito. Y desde entonces no hizo sino pensar cómo, cuándo y dónde un burro podría convertirse en azul de la cabeza al rabo.

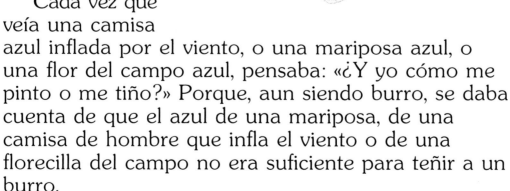

Cada vez que veía una camisa azul inflada por el viento, o una mariposa azul, o una flor del campo azul, pensaba: «¿Y yo cómo me pinto o me tiño?» Porque, aun siendo burro, se daba cuenta de que el azul de una mariposa, de una camisa de hombre que infla el viento o de una florecilla del campo no era suficiente para teñir a un burro.

Un día, cuando transportaba una carga de leña por los arenales de la costa, vio el mar...

Primero lo miró con ojos lánguidos. ¡Cuántos tonos distintos! Claro, casi blanco en la orilla; verdoso después; y allá a lo lejos, quietísimo, el azul profundo y verdadero.

«¡Ahí sí que hay azul suficiente para teñir a todos los burros del mundo!», se dijo. Y sin pensarlo dos veces, desoyendo los gritos de Julián el gordo, que era su dueño, con carga y todo se metió en el agua y empezó a patalear mar adentro, seguro de que, si salía vivo, saldría azul de la cabeza al rabo.

Julián no le dejó llegar a tanto. Se echó las manos a la cabeza, redobló sus gritos, se subió los pantalones y, más por el servicio que el burro le hacía que por lo que pudiera quererlo, se tiró al mar a sacarlo.

—¡Vuelve acá, burro de mil demonios! ¿Pero qué te habrás creído, burro tonto y desvergonzado? —vociferaba tratando de alcanzarlo.

Logró arrastrarlo por fin hasta la orilla y allí volvió a llamarlo burro y más que burro. Y aquella tarde, cuando se miró en el agua de la noria, el burrito vio que estaba tan gris como siempre y más triste que nunca.

Al día siguiente, al volver de la montaña al pueblo por un sendero muy alto, el burro levantó sus ojos al cielo azul del verano: «¡Ay —se dijo—, si llegara por este sendero hasta el cielo, seguro que regresaría azul de la cabeza al rabo!»

Aligeró el paso y comenzó a subir, a subir, con su carga a cuestas. Pero como no hay sendero alguno que llegue hasta el cielo, por estrecho y empinado que sea, el burrito perdió el camino y no pudo regresar a la noria.

Julián, más por lo que le había costado que por el cariño que le tenía, salió a buscarlo y, entre empujones y palabrotas que le iba gritando, lo metió en el establo.

Aquella tarde, cuando el burrito se miró en el agua de la noria, se vio tan gris como siempre y más triste que nunca.

Pocas semanas después vinieron tres hombres con cuatro cubos de pintura azul a cambiar el color de la farmacia del pueblo.

El burrito, al verlos pasar, pensó: «¡Hoy dejo de ser gris!» Y efectivamente, apenas llegó la noche, aprovechando que Julián roncaba mansamente, como si fuera bueno, salió trotanto por el camino del pueblo, llegó a la farmacia y, busca buscando, vio que los pintores habían dejado, junto a la puerta del fondo, un cubo de pintura azul. Como no tenía brocha, metió el rabo, lo sacó azul y, moviéndolo de un lado al otro todo lo que podía, alcanzó a pintarse un poco de la panza y parte del trasero. Luego, metió su larga cara de burro en la pintura azul y la sacó toda pegajosa, con las orejas gachas y casi sin poder abrir los ojos. Sólo que, al tiempo que se pintaba con el rabo, también iba llenando de grandes manchones azules la puerta, la reja y el escaparate de la farmacia.

Julián cargó con la culpa por haberlo dejado suelto de noche y tuvo que pagar los daños. Por eso, con más rabia que nunca, le dijo:

—¡A ti te voy a poner yo no azul, sino morado a golpes!

Y cumplió su palabra.

Al día siguiente, cuando se miró en el agua de la noria, el burrito se vio gris como siempre y más triste que nunca.

14

Pasó el tiempo. Una mañana de abril vio a
Marcela, la vecina de don Julián, lavando ropa
blanca con mucho sofoco. ¡Y cuál no sería su
asombro y su alegría al advertir que, poniendo en la
gran palangana una pastilla de algo que él no
conocía y que al parecer se llamaba añil, Marcela
teñía de azul el agua y sus manos y sus uñas y
hasta la ropa blanquísima!

El burrito rebuznó alegre, tomó impulso, saltó la
cerca de un brinco, empujó a Marcela sin hacerle
daño, le dio un vuelco a la palangana y se revolcó
en el agua que —pensaba él— lo iba a teñir de azul
ya para siempre.

16

Pero Julián lo había visto todo. Dando voces y maldiciendo, se acercó, lo agarró por el rabo y a empujones lo llevó hasta la noria. Allí, el burrito vio cómo el agua se ponía azul, del color del añil, mientras Julián lo cepillaba de malos modos y decidía venderlo.

Una vez limpio, y otra vez gris, lo ató en el establo, le puso al cuello un cartelón que decía «Se vende» y, por no trabajar, le dio poca comida, menos agua y peor trato que nunca. Los demás burros, al pasar por allí camino de sus labores, le rebuznaban burlas:

—¿Qué? ¿Ya te convenciste? Los burros no somos azules, sino negros como la noche, marrones como la tierra o grises como la pena...

Habían sido tantos los palos, trabajos e insultos, que el burrito se sintió más gris que una tarde de lluvia.

Entonces apareció Pablo, el niño que llevaba la leña a cuestas para venderla en los chalés del pueblo, le pagó a Julián un poco menos de lo que pedía y, más contento que unas Pascuas, salió tirando del burro y diciéndole a la oreja:

—Vamos a trabajar juntos, ¿sabes? Tú me ayudas y yo te cuido. ¿De acuerdo?

Esa noche, en vez de dejarlo al frío y sin comer, como hacía Julián, Pablo le trajo hierba, lo llevó a un establo bien resguardado y caliente, le dio agua y le puso una manta por si refrescaba de noche. Luego, estuvo un largo rato pasándole la mano de la cabeza al rabo.

A la mañana
siguiente, Pablo lo
cargó de leña, pero
no tanta como para
que le pesara
demasiado, y
cuidándose bien de
que ninguna rama le
pinchase en el lomo.
Después lo llevó por los senderos sin darle voces ni,
mucho menos, palos.

Por la tarde, terminado el trabajo, lo condujo
hasta un prado lleno de paz y de flores amarillas,
donde, en la más agradable de las compañías,
estuvieron hasta que el sol se ocultó.

Camino de casa, Pablo le dijo entusiasmado:

—¡Cuánto me ayudas y qué bien lo pasamos
juntos!

Gracias a ti, nos haremos ricos y me compraré
una casa, y tendrás un establo de lujo, y comerás
avena... Y al llegar, le pasó el brazo por el cuello y le
susurró:

—¡Gracias, mi burrito bueno!

Para el burrito fue como si un rayo de felicidad lo iluminara por dentro. Tanto, que pensó:

—¡Si me trata así, seguro que ya soy azul!

Muerto de curiosidad, y tan pronto como pudo, salió trotando a mirarse en el agua de la noria.

Allí, a la luz de la luna y para su sorpresa, en vez del burro azul que soñaba ser, vio un burro gris igual que siempre, pero más contento que nunca.

Entonces comprendió que no importa ser azul, negro, rojo o amarillo con tal de que te cuiden y te quieran.

Autor: Hilda Perera
Ilustraciones: Vivi Escribá

Una ranita quería dejar de ser rana para convertirse en algo muy diferente: un azulejo. Se dará cuenta de que su sueño es imposible y peligroso, aceptando por fin su condición de ranita y casándose con un sapo que la quería por lo que era: UNA RANITA.

Autor: Hilda Perera
Ilustraciones: Ana G. Lartitegui

Javi ya está aburrido de que su mamá le regañe, y todo para que un día le diga que es "una verdadera tragedia". La mejor solución es dejar de ser niño y convertirse, por arte de magia, en: un conejo, un gato, una hormiga, un león y un venado. Pero Javi se da cuenta de que la vida de estos animales es peor que la suya siendo niño, y optará por volver a ser quien era.

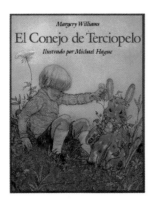

Autor: Margery Williams
Ilustraciones: Michael Hague

"Cuando un niño te quiere durante mucho, mucho tiempo, y te quiere de verdad, no sólo para jugar, entonces te conviertes en REAL". El Conejo de Terciopelo escuchó las palabras de su amigo con atención. ¡Ser REAL!, ese era su deseo. Un mágico relato, lleno de ternura y sensibilidad, que emocionará tanto a niños como a mayores.

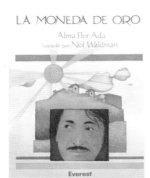

Autor: Alma Flor Ada
Ilustraciones: Neil Waldman

Juan había sido ladrón durante muchos años. Cuando ve por una rendija a doña Josefa, con una moneda de oro en la mano, inmediatamente decide robarle su tesoro. El robo, sin embargo, no es tan fácil como Juan había imaginado y lo lleva a recorrer la región, tratando de dar con la mujer para apoderarse de su oro. Este cuento demuestra que existen otros tipos de tesoros humanos a la espera de ser descubiertos.

Autor: Hilda Perera
Ilustraciones: José Pérez Montero

Un día Tomasín sale con su tío a pescar y encuentra algo muy especial: un cerdito, al que tratará de salvar por todos los medios de su triste final. Una tierna historia que pretende enseñar al joven lector que cuando algo se intenta sin escatimar esfuerzos, se consigue.

Adaptado e ilustrado por: Steven Kellogg

El malvado Zorro Socarrón sólo tiene una idea en la cabeza: capturar a Pollita Pequeñita y a sus amigos, y ¡comérselos! Hará todo lo posible para conseguirlo, pero al final le espera la cárcel y una dieta de papilla de judías verdes y jugo de algas.

Cada libro va acompañado de una ficha de actividades para realizar en el aula.